29 JUIN 1909

Exemplaire de P. Mersch

P

...IE

29 Juin 1909

HOTEL DROUOT — SALLE N° 11

A DEUX HEURES ET DEMIE

EXPOSITION PUBLIQUE

Le Lundi 28 Juin 1909

DE 2 H. A 6 HEURES

TABLEAUX ANCIENS

DES ÉCOLES

Flamande, Française, Hollandaise, Italienne

et Espagnole

(Paul Mersch)

Mᵉ Henri BAUDOIN

COMMISSAIRE-PRISEUR

Successeur de Mᵉ Paul CHEVALLIER

M. Arthur BLOCHE

EXPERT PRÈS LA COUR D'APPEL

CATALOGUE

DE

TABLEAUX ANCIENS

par ou attribués à

BAGNACAVALLO, DE BLÈS, CARRACHE, PH. DE CHAMPAIGNE
CHARDIN, CUYP, VAN DELEN, DIRCK HALS
K. DUJARDIN, DUPLESSIS, ELIAS, FRANS FLORIS, FRAGONARD, GOYA
VAN GOYEN, GUARDI, D. DE HEEM
HONDEKOETER, LABILLE GUYARD, LE CHEVALIER LÉLY
LEPRINCE, VAN LOO, MAES, MARATTI
ROMERSWALEN, MIÉRIS, VAN MOER, MOLENAER, MURILLO, NATTIER
PETER NEEFS, VAN ORLEY, OUDRY, LE PÉRUGIN
POURBUS, RIBÉRA, ANDRÉA DEL SARTE, JEAN STEEN, TÉNIERS
TERBURG, TOURNIÈRES, DE TROY
VAN DE WELDE, PIERRE WOUVERMANS, THOMAS WYCK

DONT LA VENTE AURA LIEU

HOTEL DROUOT — SALLE Nᵒ 11

Le Mardi 29 Juin 1909

A DEUX HEURES ET DEMIE

Mᵉ HENRI BAUDOIN	**M. ARTHUR BLOCHE**
COMMISSAIRE-PRISEUR	EXPERT
Successeur de Mᵉ PAUL CHEVALLIER	PRÈS LA COUR D'APPEL
10, Rue Grange-Batelière	*52, Rue de Châteaudun*

CHEZ LESQUELS SE TROUVE LE PRÉSENT CATALOGUE

EXPOSITION PUBLIQUE

Le Lundi 28 Juin 1909, de 2 heures à 6 heures

DÉSIGNATION

TABLEAUX

1620 BAGNACAVALLO (Le)

I — *L'Apothéose de la Vierge.*

Assise sur un trône, tenant son divin Fils sur ses genoux, couronnée par deux saintes, entourée d'archanges et de chérubins qui soutiennent des draperies ; ayant à ses pieds deux anges musiciens, et à droite et à gauche les Saints et les Saintes en adoration.

Peinture des plus intéressantes ; auréoles, couronnes et parties de costumes à fond d'or.
Cadre en bois fond vert étoilé d'or.
Bois de forme cintrée. Haut. : o^m91 ; Larg. : o^m62.

32 BELLOTTO (Attribué à)

2-3 — *Le Golfe de Naples.*

Deux pendants.
Toile. Haut. : o^m37 ; Larg. : o^m60.

DE BLÈS

4 — *La Prédication de saint Jean.*

Dans un paysage accidenté arrosé par un cours d'eau à l'ombre de grands arbres, des fidèles agenouillés et debout écoutent l'apôtre. Sur toutes les routes débouchent des groupes de personnages.

Bois. Haut. : 0ᵐ64 ; Larg.: 0ᵐ75.

CARRACHE (Attribué à ANNIBAL)

5 — *L'Adoration des Rois Mages.*

Tableau de forme cintrée dans le haut.
Peinture sur ardoise.

Haut. : 0ᵐ45 ; Larg.: 0ᵐ24.

CHAMPAIGNE (École de PHILIPPE DE)

6 — *Le Cardinal de Richelieu.*

Toile. Haut. : 0ᵐ55 ; Larg. : 0ᵐ45.

CHARDIN (École de)

7 — *Poires et pommes.*

Toile. Haut. : 0ᵐ33 ; Larg. : 0ᵐ40.

CUYP

8 — *Pâturage.*

Dans un riant paysage montagneux à horizon
aux teintes blondes avec vieux château en
ruines en perspective, un bouvier et une
vachère près de leurs bœufs et de leurs vaches
qui paissent. Plus loin un cavalier et des
paysans sur une route.

Bois. Haut. : 0ᵐ42; Larg. : 0ᵐ55.

CUYP

9 — *Intérieur d'église.*

Bois. Haut. : 0ᵐ40 ; Larg. : 0ᵐ33.

DELEN (Van)

10 — *Intérieur de palais.*

Sous les grandes voûtes et dans la galerie
circulent des gentilhommes, grandes dames,
mendiants et chiens.

Bois. Haut. : 0ᵐ66 ; Larg. : 0ᵐ85.

DIRCK-HALS (Attribué à)

11 — *Le Festin.*

Dans un paysage verdoyant, autour d'une
table, gentilhommes et grandes dames en
riches costumes devisent galamment.

Bois. Haut. : 0ᵐ66 ; Larg. : 0ᵐ82.

DUJARDIN (Karel)

12 — *La Ferme.*

Une paysanne donne la becquée aux poules. Un ânier portant un baquet la regarde ; à gauche un âne, en perspective ; un horizon très clair.

Bois. Haut. : 0^m35 ; Larg. ; 0^m42.

DUPLESSIS

13 — *Portrait d'un personnage de la Cour.*

Regardant de face, en habit de soie prune brodée, portant en sautoir le grand cordon du Saint-Esprit ; cheveux poudrés.

Toile ovale.

Haut. : 0^m72 : Larg. : 0^m60.

DYCK (Genre de Van)

14 — *Tête d'étude.*

Cadre bois sculpté.

Toile. Haut. : 0^m50 ; Larg. : 0^m38.

ELIAS

15 — *Portrait de dame de qualité.*

Tournée vers la droite, regardant presque de face, en robe de velours noir avec coiffe, collette et parements en lingerie et dentelle blanche.

On lit en haut l'inscription : Aetatis, 45, et la date 163.

Bois. Haut. : 0^m79 : Larg. : 0^m65.

FLORIS (Frans)

200. 16 — *Le Calvaire.*

Aux pieds du Christ et des deux larrons
crucifiés, la Vierge s'est évanouie de douleur,
entourée des Saintes Femmes éplorées qui la
soutiennent. Vers la Ville Sainte que l'on voit
en perspective éloignée, une multitude de
guerriers et de cavaliers.

Cadre bois noir et or.

Toile. Haut. : 0m46; Larg. : 1m14.

FRAGONARD (Attribué à)

350. 17 — *Intérieur de palais.*

Cinq personnages sont attablés.

Bois. Haut.: 0m24; Larg.: 0m16.

GINOVA

18 — *Tête de Christ.*

Toile. Haut. : 0m40; Larg. : 0m35.

GLAUBER

70. 19 — *L'Étang.*

Paysage des plus agréable animé de figures.

Bois. Haut.: 0m15; Larg.: 0m20.

GOYA

1000. 20 — *Portrait d'homme.*

Regardant de face, le corps tourné vers la
gauche, en habit brun avec gilet à grands revers
et cravate blanche; physionomie énergique.

Toile. Haut. : 0m66; Larg. : 0m50.

GOYA (Attribué à)

21 — *Portrait de dame de l'époque.*

Représentée assise, en robe blanche décolle-
tée, s'appuyant de la main droite sur une console où se replie une draperie rouge qui l'en-
veloppe à demi, la main gauche gantée, regardant de face, le visage souriant. Coiffée à petites
boucles. Se détachant sur un fond de paysage
à ciel bleu formant une agréable opposition
avec le coloris du costume et de la draperie.

Cadre bois sculpté.

Toile. : Haut. : 1m. Larg. : 0.75.

GOYEN (Van)

22 — *Bord de rivière.*

Toile. Haut. : 0.80 Larg. : 0.25.
Vente Otlet, de Bruxelles.

GUARDI (Attribué à)

**23 — *Vue d'un Cap avec maison et person-
nages.***

En perspective la mer bleue animée de voiliers.

Toile. Haut. : 0.42. Larg. : 0.69.

HEEM (Attribué à David de)

24 — *Restes d'un festin sur une table.*

Bois. Haut. : 0.33. Larg. : 0.61.

HONDEKOETER

25 — *Volatiles.*

Gros canard, canne et leurs petits aux abords
de la ferme.

Cadre bois sculpté.

Toile. Haut. : 0.38. Larg. : 0.45.

ISABEY (Attribué à)

26 — *L'Alchimiste.*

Toile ovale. Haut. :   . Larg.

JORDAENS (Attribué à)

27 — *Saint Pierre en extase.*

Bois. Haut. : 0.65. Larg. : 0.50.

LABILLE GUYARD (Mme)

28 — *Portrait de femme.*

Regardant de face, en corsage de lingerie
légèrement décolleté.

Toile ovale. Haut :   . Larg. :   .

LEEN (Van)

29 — *Vase et corbeille de fleurs.*

Sur une console de pierre.

Coloris éblouissant.

Toile. Haut. : 1m26. Larg. : 1m02.

LÉLY (Le Chevallier)

3o — *Portrait de Barbara.*

Représentée assise, regardant de face, en
robe de satin blanc à corsage décolleté avec
draperie bleue clair retenue à l'épaule par un
rang de perles, elle est nonchalamment accou-
dée, le visage empreint d'une grande mélanco-
lie, sa longue chevelure brune tombant sur ses
épaules. Fond de paysage.

Toile. Haut. : o.95. Larg. : 1"02.

LEPRINCE

3i - *La Collation de la Sultane.*

Assise sur un lit de repos, dans l'intérieur
de son palais, elle prend un fruit sur un plat
que lui présente un esclave. Derrière elle une
servante est debout, à ses côtés le Sultan qui
l'observe. A droite appuyé sur une balustrade
un personnage comme eux coiffé d'un turban
avec aigrette. En perspective un paysage très
clair.

Toile. Haut. : o.95. Larg.: 1"02.

LOO (Van Carle)

32-33 — *Le Serment d'amour et le Sacrifice.*

Deux pendants.

Toile. Haut. : o.88. Larg. : o.8o.

MAES (Attribué à Nicolas)

34 — *Portrait de dame de qualité.*

Représentée à mi-corps, en robe bleue, avec écharpe jaune, corsage blanc de lingerie et ouvert, cheveux noirs bouclés, avec perle poire tombant en pendeloque sur le front, parée de joyaux. Fond de paysage.

Toile ovale agrandie.
Cadre bois noir guilloché.

Haut. : 1m06. Larg. : 0m80.

LE MAITRE DES DEMI-VIERGES

35 — *Portrait de Patricienne.*

Représentée à mi-corps, presque de face, en robe verte à corsage de velours noir et manches rouges, gorge à demi-décolletée, tenant dans ses mains un livre à demi fermé, la tête légèrement inclinée, en partie couverte d'une coiffe blanche chiffonnée. Par une baie, on entrevoit en perspective les rives montagneuses d'un fleuve reflétant un ciel d'un bleu d'azur.

Peinture d'un beau caractère.
Cadre à entablement en bois doré.

Bois. Haut. : 0.61. Larg. : 0.51.

MARATTI

36 — *Portait d'un cardinal.*

Toile. Haut. : 0.62. Larg. : 0.48.

MARATTI (Attribué à Carle)

37 — *Portrait de femme.*

Toile. Haut. : 0.75. Larg. : 0.60.

MARINUS (Romerswalen)

38 — *Les Changeurs.*

Assis derrière leur table où les pièces d'or et
d'argent sont éparpillées, l'un passe écriture
des comptes que l'autre lui dicte. Le premier
est habillé d'une grande houppelante marron à
col de fourrure amplement drapée, coiffé d'un
bonnet rouge orné d'une applique en émerau-
de avec perle pendeloque. Le second est
habillé de rouge avec coiffure vert foncé. La
pièce où ils travaillent toute en boiserie avec
horloge à clocheton accrochée au mur; flam-
beau, mouchettes et autres accessoires sur une
planchette et une perruche perchée à gauche.
Le caractère des physionomie de ces deux personnages, la facture large et l'excellent dessin
de cette composition méritent l'attention.

Bois. Haut. : 1.22 Larg. : 0.99.

MICHEL-ANGE (Ecole de)

39 — *Le Jugement dernier.*

Sous deux arcades au milieu desquelles se
détache le portrait du Maître et une inscription sont représentés les innombrables personnages voués aux enfers.

Composition importante.
Le tableau a été reparqueté.

Bois. Haut. : 1"70; Larg. : 1"34.

MIÉRIS

40 — *Vénus et les Amours.*

Elle regarde avec tendresse les deux amours lutins. La déesse est assise au milieu d'un riant paysage.

Bois. Haut. : o^m28 ; Larg. : o^m21.

VAN MOER

41 — *La Partie de quilles.*

Trois enfants coiffés de grands chapeaux, se livrent au jeu de quilles. A gauche, emportés par leurs chevaux lancés au galop, deux cavaliers s'éloignent. Au fond, un bouvier conduit son troupeau. En perspective, derrière des murailles en arcade, s'élèvent les ruines d'un monument à colonnades.

Toile. Haut.: o^m67; Larg.: o^m83.

MOLENAER

42 — *L'Opérateur.*

Scène d'intérieur rustique. Composition de sept personnages.

Signé à gauche.

Toile. Haut.: o^m35; Larg.: o^m40.

MURILLO (Attribué à)

43 — *Saint Jean-'Baptiste*.

Il est assis et à demi-enveloppé dans une peau de bête. Son agneau le regarde et pose ses pattes sur ses genoux. A gauche, une terrine et autres natures mortes avec une banderolle à inscription.

Ce tableau, d'une très belle facture, fit partie de la collection Praslin qui fut vendue en 1793. Il était alors catalogué comme œuvre du maître.

Cadre en bois sculpté et doré.

Toile. Haut.: 1m17 ; Larg.: 0m93.

MURILLO (Attribué à)

44 — *Le Joueur de flûte*.

Toile. Haut.: 0m73 ; Larg.: 0m50.

NATTIER

45 — *Portrait d'un officier*.

En costume de guerre, s'appuyant la main gauche sur son casque, regardant presque de face.

Signé à gauche.

Toile. Haut.: 0m81 ; Larg.: 0m65.

NATTIER (Attribué à Jean-Marc)

46 — *Portrait allégorique d'une grande dame*

Vêtue de blanc, assise à l'ombre d'une grotte, le bras gauche appuyé sur un rocher, semblant méditer et tenant un livre ouvert sur ses genoux.

Œuvre agréable.

Toile. Haut.: 0ᵐ55; Larg.: 0ᵐ81.

NEEFS (Attribué à Peter)

47 — *Intérieur de cathédrale.*

Des groupes de personnages circulent et causent.

Bois. Haut.: 0ᵐ90; Larg.: 0ᵐ73.

VAN ORLEY (Ecole de)

48 — *La Vierge allaitant l'Enfant Jésus.*

Bois. Haut.: 0ᵐ51; Larg.: 0ᵐ43

OUDRY

49 — *Volatiles mortes attachées à un arbre.*

Dans un beau paysage verdoyant à ciel bleu azuré, au milieu d'une riche végétation.
Très belle peinture.

Toile. Haut.: 1ᵐ18; Larg.: 0ᵐ90.

PATENIER

5o — *Saint Gérome.*

Bois cintré. Haut.: 0ᵐ45 ; Larg.: 0ᵐ33.

PÉRUGIN (Ecole du)

51 — *La Vierge et l'Enfant.*

Cadre ancien bois sculpté et doré.

Bois. Haut.: 0ᵐ44 ; Larg.: 0ᵐ34.

POURBUS (Attribué à)

52 — *Portrait de gentilhomme.*

En costume noir à collerette amplement tuyautée.

Bois. Haut.: 0ᵐ67 ; Larg.: 0ᵐ54.

PULLIGO

53 — *La Vierge, l'Enfant et saint Jean.*

Cadre bois sculpté à tore de lauriers et ornements.
Bois. Haut : 0ᵐ77 ; Larg. : 0ᵐ62.

RAPHAEL (Ecole de)

54 — *La Vierge, l'Enfant-Jésus et saint Jean.*

Joli tableau.

Toile. Haut. : 1ᵐ10 ; Larg. 0ᵐ83.

REMBRANDT (Ecole de)

55 — *Portrait d'homme.*

Représenté en buste, le visage très caracté-
ristique tourné vers la droite, encadré d'une
barbe brune.

Bonne facture.

Toile. Haut. : o^m55; Larg. : o^m46.

RIBÉRA

56 — *L'Homme à la bouteille.*

Cadre ancien bois sculpté.

Toile. Haut. : o^m72; Larg. : o^m61.

SARTE (Attribué à ANDRÉA DEL)

57 — *Portrait présumé du Maître.*

Regardant de face, le corps tourné légèrement vers la droite, habillé de gris avec trans-
parent brun et chemisette blanche; ses longs
cheveux châtain tombant sur les épaules, coiffé
d'un bonnet carré.

Belle peinture.

Cadre architectural à colonnettes en bois sculpté fond
noir rehaussé d'or, style de l'époque.

Toile. Haut. o^m63; Larg. : o^m46.

STEEN (Jean)

58 — *Le Chirurgien.*

Dans la chambre de la malade sont réunis huit personnages qui suivent anxieusement l'opération. La patiente assise se contient à peine.

Tableau intéressant par sa facture et la délicatesse des détails.

Cadre en bois sculpté et doré.

Toile. Haut. : 0ᵐ54 ; Larg. 0ᵐ62.

STEEN (Attribué à Jean)

59 — *La Kermesse.*

Composition de nombreuses figures.

Bois. Haut. : 0ᵐ46; Larg. : 0ᵐ55.

STOOP

60 — *Le Départ pour la chasse.*

Cavalier, sonneur de trompe et rabatteur escortés de la meute.

Signé à droite.

Bois ovale. Haut. : 0ᵐ32 ; Larg. : 0ᵐ40.

TÉNIERS (David)

61 — *Le Corps de garde.*

Fumeurs, buveurs, sont attablés et assis au fond. Au premier plan un jeune seigneur va accrocher au mur sa rapière. Étendard et armures sont dispersés à ses pieds.

Signée en bas à droite.

Cadre ancien bois sculpté et doré,

Bois. Haut. 0ᵐ37; Larg. 0ᵐ3o.

TERBURG (Attribué à Gerard)

62 — *La Femme qui boit.*

Assise devant une table, elle tient un pichet de la main droite et se désaltère à plein verre.

Bon tableau.

Toile. Haut. : 0ᵐ3g; Larg. : 0ᵐ32.

TOURNIÈRES

63 — *Portrait de grande dame.*

Assise dans un parc, en costume de cour tout en brocart orange broché, avec draperie bleu de ciel nonchalamment jetée sur son bras et tombant sur sa robe, elle tient gracieusement de la main droite un œillet. La main gauche posée sur la draperie. Quelques fleurs sont répandues sur ses genoux. Elle regarde de face avec un agréable sourire sur les lèvres. Elle est coiffée à la poudre avec aigrette dans les cheveux. Le corsage fermé par une broche en diamants et les manches relevées par des ferrés en rubis.

Tableau d'une ordonnance large et d'une grande harmonie de ton.

Toile. Haut. : 1ᵐ19; Larg. : 0ᵐg6.

TOURNIÈRES

64 — *Portrait de gentilhomme.*

Assis sur un grand fauteuil, devant une table
en bois sculpté et doré sur laquelle il s'appuie,
tenant dans la main droite un pli froissé. Il
regarde de face, son visage exprime une
grande énergie, empreinte cependant de oou-
ceur. Sur son habit de brocart orange est amplement jeté un manteau de velours noir. Les
boucles de sa grande perruque poudrée retom-
bent sur ses épaules. Intérieur de château avec
parc en perspective.

Pendant du précédent.
Belle facture.

Toile. Haut. : 1ᵐ19. Larg. : 0ᵐ96.

DE TROY

65 — *Scène tirée de l'Histoire ancienne.*

Sous les yeux d'un roi et d'une reine assis
sur leurs trônes, entourés de leur cour et au
milieu de nombreux guerriers dans la Rome
antique, un guerrier romain, le glaive d'une
main et une branche de laurier de l'autre
s'élance au devant de deux taureaux en furie.

Toile. Haut. : 0ᵐ59 ; Larg. : 1ᵐ30

VAN DE VELDE (Attribué à)

66 — *Marine.*

De nombreux voiliers et autres embarcations
chargées de personnages sillonnent le fleuve.

Bois. Haut. : 0ᵐ37 ; Larg. : 0ᵐ49.

VAN DE VELDE (Attribué à)

67 — *Voiliers près d'un port.*

Toile. Haut. : 0m26 ; Larg. : 0m35.

VERNET (Joseph)

68 — *Environs de Gênes, bords de la Méditerranée.*

Plusieurs personnages bivouaquent ; d'autres se livrent au plaisir de la pêche ou sur les rochers observent un grand trois mâts abordé par des canots. Effet de lune.

Cuivre. Haut : 0m16 ; Larg. : 0m26.

WOUWERMANS (Pierre)

69 — *Le Campement.*

Devant les tentes dressées au bord d'une route sillonnée de cavaliers, plusieurs soldats sont assis pendant que leurs montures se reposent.

Bois. Haut. : 0m31 ; Larg. : 0m40

WYCK (Thomas)

70 — *Place de ville au bord d'un fleuve.*

Au premier plan, des marchands de fruits et de légumes ; à gauche un ânier et autres personnages descendent de la ville ; à droite des tonneaux, malles et autres objets prêts à embarquer. En perspective le fleuve sillonné de bateaux.

Signé à droite d'un monogramme.

Toile. Haut. : 0m54 ; Larg. : 0m65.

ÉCOLE ANGLAISE

71 — *Portrait de femme.*

Représentée à mi-corps, légèrement tournée vers la gauche, en robe blanche et ceinture rose, cheveux tombant en longues boucles ceints d'un ruban. Fond de paysage.

Toile. Haut. : 0m90 ; Larg. : 0m71.

ÉCOLE HOLLANDAISE

72 — *Paysage. Effet d'hiver.*

Animé de nombreux patineurs et de traîneaux.

Signé d'un monogramme.

Bois. Haut. : 0m24 ; Larg. : 0m36.

ÉCOLE ITALIENNE

73 — *Portrait de femme.*

Le corsage mi décolleté, parée de colliers et de pendants d'oreilles de perles, la tête tournée vers la gauche.

Toile. Haut. : 0m54 ; Larg. : 0m45

ÉCOLE ITALIENNE

74 — *Un ange.*

Les mains croisées, tenant une branche de lys.

Toile. Haut. : 0ᵐ64 ; Larg. : 0ᵐ52.

ÉCOLE ITALIENNE

75 — *Tête de Madeleine.*

Les yeux levés sur le ciel, le buste à demi nu.

Bois. Haut. : 0ᵐ41 ; Larg. 0ᵐ38.

76 — Tableaux omis.

RED. :

20

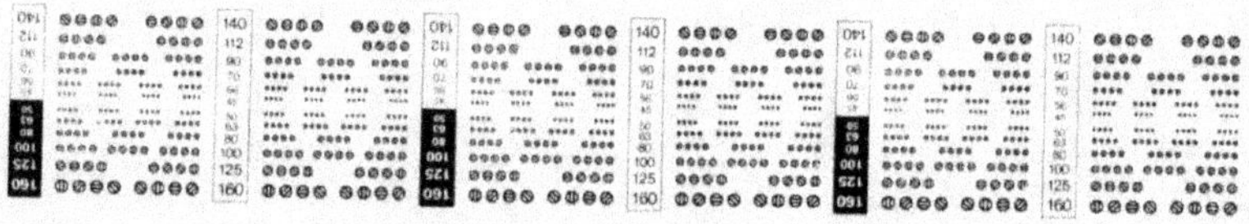